Mes camions

Kirsten Hall

Illustrations de Patti Boyd

Texte français de Laurence Baulande

Éditions
SCHOLASTIC

Catalogage avant publication de Bibliothèque et Archives Canada

Hall, Kirsten

Mes camions / Kirsten Hall; illustrations de Patti Boyd;
texte français de Laurence Baulande.

(Je veux lire)
Traduction de : My Trucks.
Niveau d'intérêt selon l'âge : Pour les 3-6 ans.
ISBN 0-439-94204-7

I. Boyd, Patti II. Baulande, Laurence III. Titre.
IV. Collection : Je veux lire (Toronto, Ont.)

PZ23.H3385Me 2006   j813'.54   C2006-902953-9

Édition publiée par les Éditions Scholastic, 604, rue King Ouest, Toronto (Ontario) M5V 1E1.

5 4 3 2 1   Imprimé au Canada   06 07 08 09

Note à l'intention des parents et des enseignants

Dès que l'enfant sait reconnaître les 46 mots utilisés
pour raconter cette histoire, il peut lire le livre en entier.
Ces 46 mots apparaissent tout au long de l'histoire pour que
les jeunes lecteurs puissent facilement les retrouver
et comprendre leur signification.

a	deux	le	rêve
aime	distribue	les	rouge
aimeriez	en	mon	si
avec	est	ordures	suis
camion	êtes	panne	toute
combats	file	passant	un
comme	heureux	place	vent
conduire	il	pour	voiture
conduis	incendie	ramasse	votre
courrier	je	rapidement	vous
de	journée	réalisé	y
	la	remorque	

4

J'aime conduire!

Je conduis un camion.

Si vous êtes en panne,
je remorque votre voiture.

10

Je conduis mon camion...

toute la journée.

En passant,
je ramasse les ordures!

Mon camion d'incendie rouge
file comme le vent.

Je combats l'incendie rapidement.

Je conduis un camion.

Mon rêve s'est réalisé.

Avec mon camion,
je distribue le courrier.

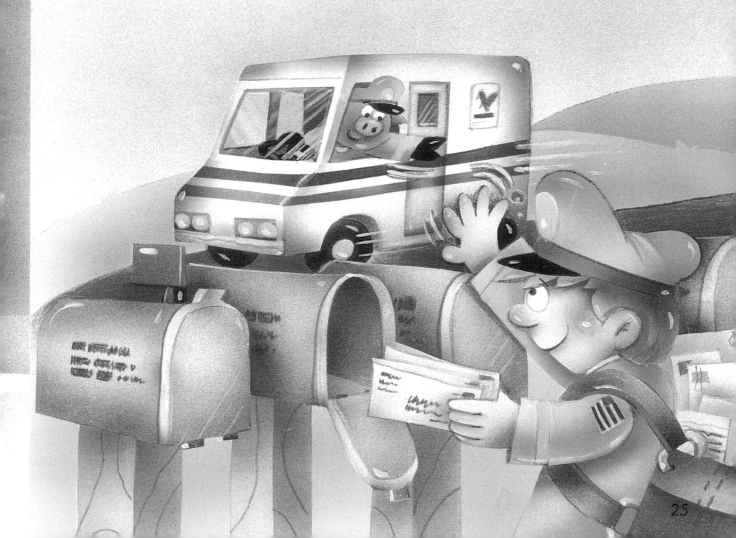

J'aime conduire. Je suis heureux!

Vous aimeriez mon camion.

Il y a de la place pour deux!

JE VEUX LIRE

Des monstres!

Il faut ranger

Je choisis un ami

Je sais lire

Je suis le roi!

Je suis malade

Je suis une princesse

Le nouveau bébé

Ma citrouille

Ma nouvelle ville

Mes camions

Mon gâteau d'anniversaire